AF236438

STADT ESSEN · KULTURAMT

Dieses Buch wurde ermöglicht
durch eine Förderung des
Kulturamts der Stadt Essen.

Leo Namislow lebt und arbeitet als freier Künstler in Essen. Aufgewachsen in Rheinland-Pfalz, begann der gelernte Steinmetz zunächst bei einer Frankfurter Produktionsfirma für Animationsfilme. Seit seiner Rückkehr 2007 nach Essen widmet er sich hauptberuflich der Kunst. In seinen Arbeiten begegnen uns mysteriöse Figuren, die in traumartigen Landschaften leben. Als Betrachtende sind wir zu einem endlosen Entdeckungsspiel eingeladen. Es ist daher nicht verwunderlich, dass sich die Wege von Sam Greb und Leo Namislow immer wieder kreuzen.
www.leo-namislow.com

Sam Greb, der Gemahl der Unvernunft und Chronist des Exzesses, schreibt fiebrige Tatsachenberichte und surreale Fantasien über die Fieberwelt. Seine Texte sind Liebeserklärungen an das Desolate und an die Hoffnung. Doch Sam Greb spricht nicht. Es ist sein treuer Begleiter, der den Erzählungen Leben einhaucht und die Zuhörer in die Fieberwelt entführt. Seit 2013 reisen die beiden Vagabunden umher. Ihre Reisen führten sie zu Festivals, auf angesagte Kulturveranstaltungen und in verrauchte Kneipen.
Nach sechs Hörbüchern, der romantischen Novelle NADELN AUS RUß und der Anthologie DER VERSEHRTE DES EXZESSES ist DAS LEIDEN DER STATUEN IM WINTER das dritte Buch aus der Fieberwelt.
www.fieberwelt.de

SAM GREB

DAS LEIDEN
DER STATUEN
IM WINTER

STERBEN UND LEBEN
IN DER FIEBERWELT

Impressum

Michael Masberg
Rellinghauser Straße 131
45128 Essen
www.michael-masberg.de
www.fieberwelt.de

Bibliografische Information der Deutschen Nationalbibliothek:
Die Deutsche Nationalbibliothek verzeichnet diese Publikation in
der Deutschen Nationalbibliografie; detaillierte bibliografische
Daten sind im Internet über http://dnb.d-nb.de abrufbar.

Titelbild: © 2021 Leo Namislow

Umschlagdesign: Christoph Höhne
Satz & Layout: Michael Masberg
Lektorat: Isabelle Rondinone

Gefördert durch das Kulturamt der Stadt Essen.

1. Auflage 2021

Herstellung und Verlag:
BoD – Books on Demand, Norderstedt

ISBN
978-3-7534-2509-2

Widmung

Für jene, die gehen.
Für jene, die bleiben.
Für jene, die wiederkommen.

Bisher in dieser Reihe erschienen:

Inhalt

Triggerwarnung

Dieses Buch behandelt folgende sensitive Themen:

Blut, Drogenmissbrauch, Figurentod, Geister,
Gewaltdarstellungen, Krebs, Sex, Suizid, Tod

Tritt ein
in das Fieber

Du sitzt in der Behaglichkeit zwischen den Zeiten aufsteigender und abebbender Exzesse. Die Silberfische in deiner Börse haben sich fast gänzlich verschlungen, doch du weißt, wo der Teich ist, aus dem du neue fischen kannst.

Der Kokon des Tages behütet dich, und von ihm beschirmt gleitest du der Nacht entgegen, deren Verheißungen Sehnsüchte in dein Herz säen. Sehnsüchte nach flüchtigen Begegnungen, nach tänzelnden Fingern und nach den herrlichen Lügen der Sorglosigkeit. Du denkst an den aufziehenden Tag nach einer durchtanzten Nacht und schmeckst auf deinen Lippen das besondere Aroma eines frischgeborenen Morgens.

Du füllst deine Lungen mit Rauch und deinen Kopf mit Rubinträten. Du tanzt mit leuchtenden Käfern und Gestalten aus Rauch und lachst über die feine Ironie frühreifer Seelen. Du trägst Kleider aus den abgeworfenen Flügeln von Schmetterlingen, die sich wieder in Raupen verwandelt haben. Du wanderst durch vergessene Wälder, die depressiven Häusern gewichen sind, und durch neblige Pilzgärten. Du schwimmst mit den Leuchtfischen zwischen den erstarrten Tränen der Nacht und entzündest mit ihnen das Feuer des Rausches in den Herzen der Betäubten. Und in dem Schatten, das ihr Lachen wirft, findest du einen Platz, um dich auszuruhen, bevor du dich wieder dem Reigen der Alltäglichen anschließt, die für jene tanzen, die schon immer da waren.

Es gibt Pflichten und Vergessen, und irgendwo dazwischen befindest du dich.

Dies hier ist deine Geschichte. Du musst dir keine Sorgen machen. Außer, dass jemand anderes sie schreibt.

Das gefräßige Kind

In meiner Badewanne sitzt eine weinende Meerjungfrau.

Dann sterbe ich lieber, sagt sie schluchzend. Dafür bin ich nicht an Land gekommen.

Du bist für mich an Land gekommen, denke ich, behalte es aber für mich. Ich mache mir selbst genug Vorwürfe, da will ich ihr keinen Anlass geben, mich mit weiteren zu überschütten.

Ich werde nie wieder schwimmen. Was soll das für ein Leben sein? Ich wünschte, ich wäre bereits tot!

Ich stehe reglos neben der Badewanne und starre auf die Kacheln an der Wand, als könnte ich in ihren orange-blauen Mustern die Lösung lesen. Das einzige, das ich sehe, ist der Schimmel, der sich durch die Fugen frisst.

Und du stehst nur da und glotzt wie ein Brillenfisch, sagt sie in meine Ratlosigkeit hinein. Wenn dir nichts besseres einfällt, hau ab und lass mich sterben. Du kannst dann meine Knochen zu Fischöl auskochen.

Das ist nicht sie, die da spricht, sage ich mir. Es ist das Kind in ihrem Ohr. Das gefräßige Kind, das sie von innen verschlingt.

Ich erhebe mich und streiche ihr durch das rote Korallenhaar. Sie schnappt mit ihren spitzen Raubfischzähnen nach mir. Es ist besser, sich zurückzuziehen. In diesem Zustand ist es in ihrer Nähe gefährlich. Das Kind kann ihr einreden, ich sei ein Beutetier. Und dann würde sie mich schneller auffressen, als ich mich wehren könnte.

Ich stehe nun nicht mehr ratlos in dem kleinen, komplementär gekachelten Badezimmer, sondern ratlos in der Wohnzelle, die auch unser Schlafzimmer und unsere Küche ist. Seit anderthalb Jahren wohnen wir bereits zusammen, seit meinem Urlaub in Narkotia, auf den ich drei Jahre gespart hatte. Vor zwei Monaten hat man das Kind im Ohr meiner Meerjungfrau entdeckt. Man machte uns vage Hoffnungen, doch die Anfälle nahmen zu. Mittlerweile gibt man ihr allenfalls noch bis zur nächsten Fieberzeit.

Es sei denn, sie würde sich operieren lassen. Das Geld dafür ist eine Sache – ich würde es schon irgendwie auftreiben. Etwas anderes sind die Folgen der Operation. Die Weißkittel machen uns keine Illusionen: Sie dürfte nie wieder schwimmen. Die Narbe in ihrem Ohr könnte keinem Druck standhalten. Sobald sie tauchen würde – und sie taucht gerne –, würde ihr Schädel mit Wasser volllaufen. Es wäre ihr Tod.

Selbst durch die geschlossene Badezimmertür aus Gusseisen höre ich ihr Weinen und Schreien. Dafür ist sie wirklich nicht an Land gekommen.

Ich halte es nicht länger aus und fliehe nach draußen. Hier kann ich ihr nicht helfen.

Die schwere Tür unserer Wohnzelle fällt hinter mir ins Schloss. Der Flur, nur spärlich von altersschwachen Glühkäfern beleuchtet, stinkt nach brackigem Wasser, Krakenpisse und Erbrochenem. Vereinzelte Dämmergestalten schleppen sich durch die engen Gänge, andere lungern in den Eingängen ihrer Wohnzellen. Nicht wenige wickeln in den winzigen Behausungen ihre Geschäfte ab. Sie verkaufen trügerische Hoffnungen, gestohlene Träume, aus Schrott zusammengeschweißte Apparaturen oder schlicht ihre Körper. Wer von oben kommt und sich nicht auskennt, ist verloren. Mir kann das nicht passieren. Ich bin hier aufgewachsen. Das heißt nicht, dass ich vor den menschlichen Raubtieren sicher bin. Ich kann die Gefahren bloß früh genug erkennen. Und ich bin ein guter Läufer.

Wir sind bei jedem Weißkittel gewesen, den wir uns leisten konnten. Sogar bei einem, für dessen überflüssigen Rat ich bei Doppel-Darim einen Kredit aufnehmen musste, der mich auf lange Sicht zwei oder drei Finger kosten wird. Doch bessere Ratschläge, als ihr das Kind herauszuschneiden, wussten sie nicht.

Sie hätten früher kommen sollen, hieß es. Die Symptome waren eindeutig.

Bestimmt. Wenn man studiert hat. Ich kann nicht einmal lesen.

Wir wohnen im siebten Kellergeschoss. Für mehr reicht das Geld nicht. Der Aufstieg ist beschwerlich, zumal kein Treppenhaus, das direkt nach oben führt, intakt ist. Doch die Silberfische für den Aufzug spare ich mir. Ich weiß schließlich nicht, was für Ausgaben auf mich zukommen, um meine Meerjungfrau zu retten.

Im dritten Kellergeschoss steige ich über die lebende Leiche einer Hure, der irgendwelche Tiefengestalten den Bauch aufgeschnitten haben. Die von Ratten angefressenen Gedärme sehen aus wie ausgefranste Taue. Ein schmutziges Mädchen füttert die Modernde mit zerstobenen Traumsaphiren. Ich kenne das Bild. Solange die Traumsaphire wirken, kann sie nicht sterben. Ich kümmere mich nicht weiter um das Mädchen. In solche Angelegenheiten mischt man sich besser nicht ein. Nach den ungeschriebenen Gesetzen der Kellerbezirke käme es einer Adoption des Mädchens gleich, und das kann ich mir nicht erlauben.

Das erste Kellergeschoss ist eine gewaltige Markthalle. Mein Großonkel hat mir erzählt, es war mal ein aufgegebenes Kirchenschiff, das schließlich überbaut wurde und so in den Untergrund wanderte. Zwischen die Säulen gezogene Wände bilden kleine Parzellen, in denen die Händler aus übereinander gestapelten Boxen marinierte Käfer, salzige Früchte und aufgezeichnete Erinnerungen verkaufen. Dazwischen werden aus Bauchläden allerlei Devotionalien, falsche Bärte und Glitzerblumensamen angeboten. Ein Portal am Ende der Halle führt zur Untergrundbahn, doch dorthin zieht es mich nicht. Zwischen einem Stand mit gebrauchten elektronischen Haustieren und einem Protesenhändler, der von Drogenkünstlern bemalte Beine anpreist, zwänge ich mich zu einer schmalen Wendeltreppe hindurch.

Kurz darauf bereue ich es: Eine unglaublich fette wie verbitterte Frau ist in dem schmalen Aufgang stecken geblieben. Ehe ich mich versehe, versuche ich sie mit drei anderen aus ihrer misslichen Lage zu befreien, während sie uns unentwegt mit Beschimpfungen und Gehässigkeiten überschüttet. Mit vereinten Kräften und zwei Pfund Butter gelingt es schließlich. Statt uns zu danken, beschimpft sie uns weiter. Die anderen stürzen sich wütend auf sie und schlagen ihr mit Eisenstangen die Zähne aus dem Mund. Ich schlüpfe an ihnen vorbei und lasse den Kellermarkt hinter mir.

Durch eine rostige Tür trete ich hinaus in die Lichtwurzelgasse, die sich seit Generationen fest in der Hand narkotischer Einwanderer befindet. Über allem liegt der harzige Duft vergorener Rindenträume. Meinen ganzen Aufstieg über hatte ich die Hoffnung, dass mir etwas einfallen würde, sobald ich oben sei.

Nun bin ich oben und habe immer noch keine Idee, wie ich meiner Meerjungfrau helfen soll.

Ich sehe sie vor mir, wie sie in unserer Wohnzelle hockt und die Wanne mit ihren Tränen füllt. Fast glaube ich, selbst das Wispern des gefräßigen Kindes zu hören, wie es ihre verwirrten Gedanken mit Verzweiflung anreichert, während es sich an ihren Erinnerungen labt. Mit jedem Tag braucht sie länger, bis sie mich erkennt. Dann gibt sie mir die Schuld an ihrem Zustand.

Ich will es nicht hören, aber sie hat recht.

Alles war ein Missverständnis, das ich ausgenutzt habe. Als wir uns kennenlernten und verliebten, sagte ich ihr, ich sei Prinz. Sie dachte, ich sei *ein* Prinz. Dabei ist Prinz mein Vorname.

Wer will mir einen Vorwurf machen? Sie ist nicht die erste Frau, in die ich mich verliebt habe, aber die erste, die meine Liebe ehrlich erwiderte. Ich bin nie mehr als ein Tagelöhner gewesen. Und in dem ersten Urlaub, den ich mir leisten konnte, vielleicht der einzige in meinem Leben, verliebte sich eine Meerjungfrau in mich und war bereit, mir überallhin zu folgen.

Wie konnte ich ihr da die Wahrheit sagen?

Ich schlendere durch die Gassen, vorbei an riesigen Einmachgläsern mit Wurzelbaumsetzlingen in Formaldehyd und Käfigen voller teilnahmsloser, träger Stelzenvögel, bis ich schließlich auf dem zugemüllten Freiheitsplatz stehe. Im Schatten des Denkmals, das wie ein zweigliedriger Haipenis aussieht, fange ich stumm an zu weinen.

Du brauchst Hilfe, Prinz.

Neben mir steht ein glatzköpfiger Zwerg mit Algenbart und schiefen Zähnen. Seine bleiche Haut ist von einem schleimigen Film überzogen. Er trägt einen schmutziggelben Neoprenanzug und spielt mit einem olivgrünen Narrenstab.

Kennen wir uns?

Es steht dir ins Gesicht geschrieben. Außerdem kann man deine Verzweiflung über hundert Seemeilen wittern.

Er hält mir den Stab hin. Das Gesicht ist einem Raubfisch nachempfunden.

Mein Name ist Surbagul.

Da mir nichts besseres einfällt, greife ich den Stab und schüttele ihn zur Begrüßung.

Ich bin Prinz.

Natürlich, sagt Surbagul. Das ist offensichtlich.

Etwas an der Art, wie er mich anschaut, irritiert mich, doch ich kann es nicht benennen. Für einige Sekunden stehen wir schweigend in dem Menschenmeer, das uns nicht weiter beachtet.

Wer bist du?, frage ich schließlich.

Ich bin Surbagul, sagt Surbagul.

Nein. Ja. Ich weiß. Ich meine –

Ich unterbreche mich. Plötzlich fällt mir auf, was mich an seinem Blick stört. Der Zwerg glotzt mich an, ohne zu blinzeln.

Wer bist du?

Ich bin der Hofnarr Seiner Majestät, erbarmt er sich. Damit scheint für ihn alles geklärt. Für mich nicht.

Welcher Majestät?

Des Vaters der Prinzessin, die alles hinter sich gelassen hat und an Land gegangen ist, um mit dir zu leben, Prinz. Selbst für einen falschen Prinzen bist du sehr schwer von Begriff.

Ich weiß nicht, was ich darauf antworten soll. Warum ist dieser Zwerg nach anderthalb Jahren den ganzen Weg von der Küste Narkotiens in die Stadt gekommen, um mir hier Vorwürfe zu machen?

Sie stirbt, sagt Surbagul. Die Art, wie er es sagt, gibt mir plötzlich Hoffnung.

Kannst du ihr helfen?

Du kannst ihr helfen.

Wie? Bei allen träumenden Bäumen, wie? Wir haben alles versucht.

Nein, das hast du nicht. Sie kann das Innere Meer nicht mehr hören. Das musst du ändern. Leider bist du der einzige, der es kann. Sie liebt dich. Dabei hast du sie nicht verdient.

Ich packe Surbagul bei seinem Algenbart und schüttele ihn durch.

Was soll das heißen, du halbes Stück Dreck? Ich liebe sie auch.

Nein, sagt Surbagul vollkommen ungerührt.

Du erdreistest dich, hierher zu kommen, in meine Stadt, um mir zu sagen, ich liebe sie nicht? Was weißt du schon, du dämlicher Fischkopf? Ich liebe sie mehr als alles andere.

Dann sage mir, wie sie heißt.

Ich will ihn anschreien, ihn für diese Unverschämtheit bestrafen, doch die Worte bleiben mir im Hals stecken. Ich kann ihm ihren Namen nicht sagen. Verstört lasse ich seinen Bart los.

Können wir uns jetzt vernünftig unterhalten?

Ich nicke. Surbagul öffnet den Reißverschluss seines Neoprenanzugs. Er greift hinein, holt etwas hervor und drückt es mir in die Hand. Zwei kleine, goldene Muscheln.

Gib ihr die eine, die andere nimmst du. Hilf ihr, zum Inneren Meer zurückzufinden. Das ist das Mindeste, das du machen kannst. Dort könnt ihr das gefräßige Kind ertränken.

Und das wird sie retten?

Der Narrenzwerg nickt. Ich bleibe misstrauisch.

Das ist alles? Ich gebe ihr diese Muschel und das Kind ersäuft?

Surbagul seufzt genervt.

Nein, sagt er. Das ist nicht alles. Du wirst sie gehen lassen, sonst hat das alles keinen Sinn.

Plötzlich verstehe ich. Meine Wut kehrt zurück.

Darum geht es also. Ihr Vater schickt dich den ganzen Weg hierher, weil er sie zurückhaben möchte. Aber das kann er vergessen. Sie und ich, wir gehören zusammen!

Der Zwerg schüttelt mitleidig den Kopf und das macht mich noch wütender. Bevor ich etwas sagen kann, dreht er sich um. Zuerst denke ich, er lässt mich einfach stehen, doch er klettert mit seinen kurzen Beinen unbeholfen auf einen Mauervorsprung und winkt mich zu sich heran. Widerwillig trete ich näher. Zum ersten Mal befinden wir uns auf Augenhöhe. Ich schaue ihn fragend an. Dann, ohne Vorwarnung, schlägt er mir mit seinem Narrenstab auf den Kopf.

Was habt ihr Landkriecher eigentlich für eine seltsame Vorstellung von Liebe? Seine Majestät hat sie schon vor Langem gehenlassen, *weil* er sie liebt. Obwohl er große Sorgen hatte und es für keine gute Idee hielt. Jetzt, wo ich dich kenne, pflichte ich ihm bei. Aber er liebt sie immer noch und vertraut ihr. Er will nur nicht, dass sie leidet.

Ich fühle mich dumm, elendig und überführt.

Ich will es auch nicht, sage ich kleinlaut.

Gut. Dann mache einfach, was ich dir gesagt habe. So schwer ist es nicht.

Mit einem Salto springt er von der Mauer und watschelt an mir vorbei.

Warte, rufe ich ihm nach. Werden wir uns wiedersehen?

Das hoffe ich nicht. Ich verbringe meine Zeit ungern in der Gesellschaft von Idioten.

Dann taucht er ab in das trübe Meer verlotterter Gestalten und lässt mich mit den zwei goldenen Muscheln in der Hand stehen.

Die Meerjungfrau sitzt in der Badewanne und flucht.

Verpiss dich, du dreckige Landmade! Du falscher Prinz! Verschone mich mit deinen stinkenden Lügen. Wenn du mir zu nahe kommst, werde ich dich fressen!

Ihr Atem riecht, als würde sie bereits innen verrotten. Ganz anders, als die frische Meeresbrise, die ich früher an ihren Lippen schmeckte.

Ich zeige ihr die goldene Muschel.

Du musst das hier nehmen. Es wird dich gesund machen.

Hilfe!, schreit sie. Hilfe! Dieser Mann bedroht mich! Verschwinde, geh weg! Ich weiß nicht, wer Sie sind. Lassen Sie die Flossen von mir!

In ihren Atemzügen höre ich das gefräßige Kind hämisch lachen. Es lässt mir keine andere Wahl.

Ich packe ihr Korallenhaar und drücke ihren Kopf nach hinten. Sie wehrt sich, schlägt um sich. Ich knie mich auf ihre Brust. Die beschuppten Beine strampeln im Tränenwasser, die scharfen Nägel ihrer Klauen zerkratzen mir die Oberschenkel.

Hilfe! Helft mir doch!

Ihre Schreie verletzen mich, aber ich muss nichts befürchten, selbst wenn sie durch die dicken Wände nach draußen dringen würden. Das letzte, um das man sich in den Kellerbezirken kümmert, sind Hilferufe.

Ich schiebe ihr die Muschel in den Mund, bin jedoch nicht schnell genug. Ihre Raubfischkiefer schnappen nach meiner Hand, die Zähne durchtrennen Fleisch, Sehnen und Knochen. Der Schmerz brennt sich durch meinen Arm. Aus einem Reflex schlage ich ihr mit der Faust ins Gesicht. Knorpel knackt, sie sackt in sich zusammen, während mein Blut ihr ins Gesicht spritzt. Ich falle nach hinten und schlage mit dem Kreuz gegen das Klo.

Im Taumel meiner Schmerzen sehe ich meine Hand. Zwei Finger fehlen. Ich sehe zuckende Muskeln, das Weiß meiner Knochen, das zarte Rosa des Knochenmarks. Eine Fontäne meines Blutes malt Muster auf die Kacheln. Ich übergebe mich und besitze nicht die Geistesgegenwart, ins Klo zu kotzen.

Ich habe keine Zeit. Um nicht zu verbluten, drücke ich ein Handtuch auf die Wunde. Die Schmerzen lassen mich noch einmal würgen. Mit zwei weiteren Handtüchern verbinde ich mich so gut es geht. Ich habe keine Ahnung, was ich da mache, aber es muss genügen.

Mit Blut und Kotze beschmiert lehne ich an der Badewanne. Meine Meerjungfrau schläft. Ich hoffe, dass sie nicht nur bewusstlos ist, sondern bereits im Inneren Meer, was immer das bedeutet.

Mit zitternden Fingern lege ich die Muschel auf meine Zunge. Ich schließe die Augen und schlucke.

Im nächsten Moment spüre ich, wie ich nach hinten falle.

Ich tauche ein in ein Nichts. Lautlos, lichtlos, schwerelos. Ich sinke immer tiefer und atme Wasser. In meinem Mund wird es zäh wie Öl und rinnt meine Luftröhre hinab. Aber ich habe keine Angst zu ersticken. Es ist, als hätte ich mein ganzes Leben darauf gewartet.

Behutsam, als würden mich fürsorgliche Hände in ein Kinderbett legen, komme ich auf dem Grund auf. Etwas verändert sich. Als hätten sich meine Augen schlagartig an die Dunkelheit gewöhnt, kann ich plötzlich sehen. Eine zerklüftete Landschaft umgibt mich, übersät mit versunkenen Idolen, die das Salz der Demenz zersetzt. Über mir erwachen Glasfische aus ihrem treibenden Schlummer und in ihnen entzünden sich Sterne. Muschelköpfe erheben sich aus dem Schlick und beobachten mich, vielleicht anklagend.

Ich entdecke einen Kanal. Auf ihm kommt mir eine Gondel entgegen. Der Fährmann ist ein grauer Kraken mit einem altmodischen Hut. Fliegende Seeaffen umkreisen ihn.

Kannst du mir helfen?

Aye, sagt der Kraken. Die Affen verfallen in ein meckerndes Lachen, das mir gar nicht gefällt.

Der Kraken hilft mir mit einem seiner Arme in die Gondel. Ich nehme auf einer Bank Platz, die aus alten Weinkisten gezimmert ist.

Wohin soll es gehen?

Wenn ich das wüsste, wäre ich weiter. Zum gefräßigen Kind, vermute ich.

Als der Kraken nicht ablegt, setze ich nach: Was kostet die Fahrt?

Eine Erinnerung, wie üblich.

Such dir eine aus, sage ich. Sofort stürzen sich die fliegenden Affen auf mich und entreißen mir etwas, an das ich mich nicht erinnern kann.

Der Kraken stakt die Gondel über den Grund des Inneren Meeres, vorbei an Monumenten des Selbstzweifels. Als wir die verbrannten Reste eines Weihnachtsbaums passieren, zu dessen Füßen ungeöffnete Geschenke verschimmeln, schneit es kurz. Ich nehme es seltsam hin, wie alles, was seit meinem Abtauchen geschieht. Plötzlich fällt mir meine Hand ein. Die Handtücher, mit der ich sie verbunden habe, sind verschwunden. Die Hand ebenso. Ich starre auf einen sauber vernarbten Armstumpf.

Wir mussten sie dir abnehmen, sagt der Kraken. Du hättest nur die Haie angelockt.

Wir?

Die Affen lachen.

Unsere Fahrt geht weiter. Ich habe keine Augen mehr für das, was uns umgibt. Dann sagt der Kraken: Wir sind da.

Über uns treibt das gefräßige Kind, ein bleicher, pockenübersäter Riesenfötus. An manchen Stellen sind die Pocken aufgebrochen und speien Eiter in das Meer. An einer Nabelschnur hängt meine Meerjungfrau. Ich sehe, wie das Leben aus ihr gesaugt wird.

Aussteigen. Alles weitere liegt bei dir.

Der Kraken fährt davon. Die fliegenden Affen lachen mich ein letztes Mal aus, dann folgen sie ihm.

Das Kind öffnet ein Riesenauge. Die Häme seines Blickes ist kaum zu ertragen. Mir fällt nichts besseres ein, als mich vom Grund abzustoßen und nach oben zu gleiten. Mit meiner verbliebenden Hand packe ich die Nabelschnur. Sie ist glitschig und wehrt sich zuckend gegen meinen Griff. Ich beiße hinein.

Mit den Zähnen zerre ich an der Schnur, beiße mich durch die saure Haut. Schließlich reißt sie auf und schillernde Farben umspülen mich. Sie brennen in den Augen. Ich beiße weiter, bis ich die Schnur durchtrennt habe.

Ich lasse los und schaue zu, wie das gefräßige Kind davon treibt, ein aufgeblähter, bleicher Ballon am Meereshimmel. Aus dem Nichts taucht ein Rudel Zwerghaie auf und stürzt sich auf das treibende Kind. Sie zerfetzen und verschlingen es, bis nichts mehr von ihm übrig ist.

Meine Meerjungfrau schlägt die Augen auf.

Ich möchte schwimmen, mein Prinz, sagt sie.

Dann lass uns schwimmen.

Sie greift meine Hand und gemeinsam schwimmen wir durch das Innere Meer. Ein leuchtender Fischschwarm gesellt sich zu uns, begleitet uns ein Stück des Weges und beobachtet uns neidisch aus blinden Augen. Wir tauchen unter uralten Korallenbrücken hindurch, lieben uns im Schatten einer pulsierenden Seeanemone und jagen damit einem skelettierten Tangbart einen gehörigen Schrecken ein.

Es könnte niemals enden. Doch plötzlich hält die Meerjungfrau inne.

Wie geht es weiter?, fragt sie.

Wir gehen nach Hause, will ich antworten, doch kaum, dass die Worte in meinem Kopf zu einem Satz zusammenfinden, weiß ich, dass es nicht stimmt.

Ich lasse ihre Hand los. Auch ohne Worte versteht sie mich. Sie lächelt.

Eine Sache noch, sage ich, als die Strömung uns bereits auseinanderbringt. Wie heißt du?

Sie sagt mir ihren Namen, dann lässt sie sich davontreiben.

Ich erwache auf dem kalten Fußboden. Auf dem Klo hockt Surbagul und raucht eine Meerschaumpfeife.

Ich habe gelogen, sagt er. Wir sehen uns doch wieder. Das wirst selbst du wahrscheinlich schon verstanden haben.

Ich widerstehe dem Drang, nach meiner verletzten Hand zu sehen. Mühsam ziehe ich mich mit der linken an der Badewanne hoch. Meine Geliebte liegt regungslos in einer fast getrockneten Tränenpfütze. Sie lächelt mit geschlossenen Augen.

Sie ist tot.

Ja. Das ist bedauerlich, sagt Surbagul, klopft seine Pfeife im Waschbecken aus und lässt sie in seinem Neoprenanzug verschwinden. Von allen Töchtern Seiner Majestät habe ich sie am meisten gemocht. Sie hatte etwas erfrischend Unbedarftes. Leider musste sie dir begegnen.

Erschöpft gleite ich zurück auf den Boden.

Du hast gesagt, es wird sie retten.

Das hat es doch.

Ich bin zu müde. Für alles. Ich kann nicht um sie weinen und ich kann nicht auf ihn wütend sein.

Und jetzt?

Surbagul springt von der Kloschüssel.

Ich habe einiges zu erledigen. Eine herausragende Persönlichkeit wie ich kann dem Hof nicht lange fernbleiben. Also gehe ich. Und was dich betrifft, ehrlich gesagt: Es ist mir scheißegal.

Ein schiefes Lied pfeifend lässt er mich alleine. Als hinter ihm die Tür ins Schloss fällt, schaue ich doch auf meine Hand. Sie ist noch da. Die Handtücher sind vollgesogen mit meinem Blut. Ich sollte zu einem Weißkittel gehen, doch ich bin zu schwach, um aufzustehen.

In den Dämmerminuten meiner Erschöpfung denke ich an das Innere Meer. Vielleicht finde ich dorthin zurück, auch ohne goldene Muscheln. Ich will sie dort nicht suchen, ich will mich nur erinnern.

Ich kauere mich auf dem Boden zusammen und hoffe auf Frieden.

Zum letzten Widerstand

Kennen Sie die Geschichte von dem Intendanten, der sich in seinem Theater zu Tode soff und als Flaschengeist umging? Man musste das Theater am Ende schließen. Zu Premieren konnte keine Sektflasche geöffnet werden, ohne dass es anfing zu spuken. Haben Sie schon einmal eine Theaterpremiere ohne Alkohol durchgestanden? Meinen Respekt, dazu sind die wenigsten in der Lage. Selbst die Schauspieler schaffen es nicht.

Oder wie ist es mit der Katzenmutter? Nach dem Krieg – nach welchem, habe ich vergessen – baute sie soziale Einrichtungen auf, später einen Greisenhafen. Obwohl sie tagtäglich anderen Menschen beim Sterben zusah und es ihnen dabei so angenehm wie möglich machte, hatte sie selbst Angst vor dem Tod. Daher ging sie keine Bindung ein – außer zu ihren Katzen, die in einem Keller lebten. Die Katzen wurden ihr immer wichtiger, irgendwann lebte sie nur noch für die Katzen und schließlich mit ihnen. Eines Tages versagte ihr Herz, sie brach tot im Katzenkeller zusammen und wurde von ihren Schützlingen aufgefressen. Sie wurde Teil der Katzen, sämtlicher Katzen. Wenn Sie mal in der

Nähe des Greisenhafens spazieren gehen, achten Sie auf die Tiere, die dort herumstreunen. Sie haben alle die gleichen Augen.

Aber von dem Jungen, der sich im Freibad ertränkte, haben Sie sicherlich gehört! Um es der Welt heimzuzahlen, löste er sich im Wasser auf und verwandelte es in pure Verzweiflung. Sooft sie das Wasser im Becken auch wechselten, stets versuchten Schwimmer, sich darin zu ertränken.

Verzeihen Sie. Ich sammle Gespenstergeschichten. Vielleicht hängt es damit zusammen, dass ich immer schon in Hotels gearbeitet und auch gelebt habe. Die Gäste eines Hotels sind selbst wie Geister, verblassende Eindrücke eines vorbeiziehenden Lebens.

Zurzeit arbeite ich hinter der Bar des Hotels ZUM LETZTEN WIDERSTAND. Mit acht Armen gibt man einen hervorragenden Barkeeper ab. Dem Chef rechne ich es hoch an, dass er mich beschäftigt. Es gibt so viele Vorurteile gegen uns.

Im LETZTEN WIDERSTAND spielt dies jedoch ohnehin keine Rolle. Die Gäste sind viel zu sehr mit sich selbst beschäftigt. Oder besser gesagt: mit ihrem Tod.

Wir haben natürlich auch Stammgäste, die noch nicht tot sind. Sie kommen, weil sie die Atmosphäre schätzen oder sonst nicht wissen, wo sie hingehen sollen. Etwa der Vater mit seinem Kind. Die Tochter hockt auf seinen breiten Schultern und löffelt aus der offenen Schädeldecke sein Gehirn. Oder der Indianer, der beiläufig Tabakbeutel näht und dabei über die Blütenträume des Frühlings sinniert. Natürlich kommen auch Künstler, fiebrige Autoren und Bühnenlügner. Und ab und zu schaut der Spieler vorbei und bringt in nächtelangen Pokerpartien Verstorbene um ein paar Erinnerungen. Aber von diesen Bargestalten möchte ich nicht erzählen.

Die Geschichte, die ich erzählen möchte – sie ist gewissermaßen meine eigene, auch wenn ich eigentlich nur eine Nebenrolle darin spiele , trug sich während der letzten Fieberzeit zu. Sie erinnern sich vielleicht: Es war so heiß wie seit Jahren nicht mehr. In dem Armendorf am Saum des Kanals fingen selbst die Wellblechhütten Feuer, und ich wagte es erst gar nicht, auf den Asphalt zu kriechen. Sollten sich doch diese lästigen Endzeitpropheten den Schädel noch weicher kochen lassen, ich hielt mich lieber drinnen auf. Unsere Gäste bevorzugten ihre klimatisierten Zimmer, und so war ich bis auf den Gast, der immer da war, alleine in der Hotelbar.

Mit vier Armen spülte ich aus Langeweile Gläser, zwei weitere Arme wischten die Theke, und mit dem letzten Armpaar spielte ich heimlich Tetris. In diesem wunderbar zeitlosen Zustand der Langeweile sah ich, wie zwei Gestalten das Hotel betraten. Da die Rezeption nicht besetzt war – vermutlich befand sich unsere Empfangsdame gerade wieder im dritten Stock und schnitt dem kopflosen Postboten die Fußnägel –, kamen die beiden zu mir in die Bar. Obwohl sie ihre Hemden unter den schwarzen Dreiteilern bis oben hin zugeknöpft hatten, schienen sie nicht zu schwitzen. Ihre Augen verschwanden hinter bernsteinfarbenen Facettenbrillen. Der eine Mann war groß – sicherlich zwei Meter –, hatte eine Glatze und Silberzähne. Der andere Mann war einen Kopf kleiner. Um seinen Kopf wickelte sich ein Kranz aus Schaltkreisen. Beiden hatte man den Mund zugenäht.

Wortlos schob mir der Große ein Foto zu. Die vergilbte Fotografie zeigte ein junges

Mädchen mit schwarzen Locken und einem etwas zu länglichem Gesicht.

Nie gesehen, antwortete ich wahrheitsgemäß und versuchte dabei, mich weiterhin auf mein Tetrisspiel zu konzentrieren.

Der Kleine nahm eine Serviette mit dem trübgrünen Schriftzug des Hotels und schrieb eine Zahl darauf – die Belohnung für das Mädchen, wie ich annahm. Eine ansehnliche Summe, also sagte ich: Klar, wenn ich sie sehe, melde ich mich.

Darauf holte der Große eine Visitenkarte mit einer Telefonnummer hervor und reichte sie mir. Dann gingen die beiden zu dem Gast, der immer da war, und die Leier wiederholte sich. Ohne etwas zu bestellen, verließen die beiden Anzugträger das Hotel wieder.

Ich konnte sie nicht leiden, aber sie schienen wichtig zu sein, und solchen Leuten ruft man besser keine schnippische Bemerkung hinterher. Zudem reizte mich die Belohnung. Würde ich das Mädchen sehen, dachte ich, würde ich die Herren wohl informieren.

Mit dieser Einschätzung lag ich sehr falsch.

Arn kam und übernahm die Schicht. Ich kroch zu meiner Kammer, die ich zwei

Stockwerke tiefer im Keller bewohnte. Ich war genügsam. Ein feuchtes, kühles Kämmerlein, ein Job, der mir interessante Begegnungen und Geschichten einbrachte – das genügte mir. Sämtliche Paarungsbedürfnisse hatte ich mir bereits vor Jahren abgewöhnt. Mehr als mein kleines Wasserbecken und meine Sammlung schimmelnder Gespensterhefte brauchte ich nicht, um zufrieden zu sein.

Ich glitt in die Kammer, schloss die Tür und stieg in das Becken. Das Wasser war angenehm kühl und salzig. Manche meiner Art plagten sich mit der Frage, warum wir das Meer verlassen hatten, aber ich konnte mir kein besseres Leben vorstellen. Es war so herrlich unaufgeregt. Über diese Zufriedenheit musste ich eingeschlafen sein.

Etwas weckte mich. Mit müden Augen sah ich auf und erschrak. Neben dem Becken stand das gesuchte Mädchen und legte einen Finger auf die Lippen.

Ich will mit dir reden, sagte sie.

Ich sah gleich, dass sie tot war. Es lag an der Art, wie sie sprach: Die Bewegungen der Lippen passen nicht ganz zu den Lauten, die sie formen. Die Verschiebung ist minimal, und einem Menschen fällt sie wahrscheinlich nicht auf. Allerdings bin ich kein Mensch, zudem bediene ich lange genug Lebende wie Tote, um den Unterschied zu merken.

Wie um meine Vermutung zu bestätigen, strich sie ihr Haar zurück. Hinter dem linken Ohr konnte ich das Einschussloch sehen. Sie steckte einen Finger hinein.

Das kribbelt, sagte sie.

Warum bist du hier?

Ich kann keinem Menschen trauen. Daher bin ich zu dir gekommen. Du musst mir helfen.

Ich stemmte mich aus dem Wasser und sah sie etwas ratlos an.

Ich bin eine Ikone. Aber du scheinst mich nicht zu kennen, schmollte sie.

Heute kamen zwei Männer ins Hotel. Sie suchen dich.

Ich weiß. Sie wollen mich vereinnahmen. Das darf nicht geschehen.

Ich dachte an die Belohnung und schämte mich plötzlich.

Was willst du von mir?, fragte ich. Ich arbeite bloß hinter der Bar.

Als Antwort kam sie auf mich zu und küsste mich.

Ich habe noch nie geküsst, geschweige denn ein Menschenwesen oder einen Geist. Es entspricht nicht unserer Art. Das Küssen, meine ich.

Etwas verschob sich. Ich war nicht mehr ich. Ich war das Hotel. Und gleichzeitig sah ich es – also mich – von außen. Die Fenster waren Schubladen. Ich öffnete sie und sah hinein. Wieder geschah etwas. Es war, als würde ich verschiedene Kleider anprobieren, und jedes Mal wurde ich zu einer anderen Person.

Ich war ein Autor, der die letzten Kapitel seines Buches – seines besten – in Wein auflöste und sich danach darin ertränkte. Ich war der Aschegeist einer Frau, über die es nichts zu erzählen gibt, außer, dass sie starb, als ihr die Zigarette aus dem schläfrigen Mundwinkel auf das Bettlaken fiel. Ich war ein Musiker, der sich nach der Aufnahme seiner letzten Platte in den Mund schoss, um sein Magnum Opus nicht durch weitere Lieder zu entwerten. Ich war eine alte Frau, die

Zigarre rauchend mit ihrem verstorbenen Mann tanzte.

Ich war jemand anderes und befand mich in einem Flur des Hotels, doch er war aufgemacht wie ein Straßenzug, mit Laternen und parkenden Autos. Die Türen schienen in Häuser zu führen. Gleichzeitig wusste ich, dass ich mich immer noch in dem Hotel befand.

Die Leuchtkäfer knackten in den Glaskästen der Laternen hektisch mit den Mandibeln. Etwas versetzte sie in Aufregung. Eine fast unerträgliche Spannung lag über den Gängen.

Ich bog um eine Ecke. Dort stand eine Familie und brachte aus der offenen Tür Koffer auf den Straßenflur.

Wir gehen, erklärte der Familienvater, ein dunkelgelockter Mann mit buschigen Brauen, die wie Vordächer über seine Augen ragten. Seine Frau, seine Kinder und sein Vater trugen Weidenkörbe voller Erinnerungen, die von den Motten der beginnenden Demenz aufgefressen wurden.

Nein, sagte ich mit der Stimme des Mädchens. Wir bleiben.

Doch sie lösten sich zu Staub auf.

Ich warf einen Blick durch die offene Tür. Die Räume dahinter wurden bereits neu bezogen. Und obwohl die traurigen Gestalten noch auspackten, sah ich sie bereits wieder einpacken. Auch sie würden nicht bleiben. Das machte mich traurig. Ich ging weiter, ohne einen Versuch zu unternehmen, sie zum Bleiben zu überzeugen.

Die Wände um mich herum bekamen Risse. Blüten sprossen aus dem Mauerwerk. Sie verströmten einen melancholischen Duft. Ich reagierte darauf offensichtlich allergisch, denn meine Augen fingen an zu tränen und Schleim setzte sich in meiner Nase fest.

Eilig lief ich das Treppenhaus nach oben. Unten gab es nichts zu gewinnen, und Abschiede hatte ich genug gesammelt. Jede Treppenstufe sang unter jedem meiner Schritte ein anderes Lied von der Traurigkeit, doch je höher ich stieg, desto heller wurden die Klänge.

Das Zimmer, das ich suchte, lag im obersten Stock, eine Dachgeschosskammer ohne Aussicht. Die Fenster waren blind. Trotzdem gefiel mir die Gemütlichkeit, die die Kammer ausstrahlte. Auf einem Schemel stand eine rostende Waschschüssel mit einer dicken Kruste gelber Ablagerungen, in einer Ecke befand sich das Bett, ein quietschendes Gestell mit einer von Feuchtigkeit zerfressenen Matratze.

Auf dem Bett saß eine nackte Frau. Ihre fleckigen Hände streichelten den Schweiß von dem kahlgeschorenen Schädel.

Dies ist kein Ort für dich, sagte sie. Ihre Zähne waren aus Granit.

Ich zuckte mit den Schultern und strich mein Leinenkleidchen glatt. Die Anwesenheit der Frau überraschte mich nicht. Es war nicht das erste Mal, dass ich sie sah.

Du wirst bleiben.

Es war keine Frage, und sie sagte die Worte mit einem Anflug von Bedauern.

Jemand muss bleiben. Erwachsene sind so feige.

Wenn du bleibst, wirst du sterben.

Das ist nicht das Schlechteste, sagte ich.

Die Frau brach sich einen Granitzahn aus dem Kiefer und legte ihn zu den anderen unter das Kopfkissen. Dann war sie verschwunden.

Ich kroch in das Bett und zog mir die Decke über den Kopf. Die Nacht legte sich über das Hotel. Gedanken – meist nicht meine eigenen – zerrten am Saum meines Bewusstseins und ließen mich nicht schlafen. Irgendwo weit unter mir hörte ich den Singsang eines Kraken, der mit einem Wiegenlied seine Einsamkeit erstickte.

Während ich ihm lauschte, spürte ich einen Druck an meinem Kopf, an der weichen Stelle hinter dem Ohr. Ehe ich weiter darüber nachdenken konnte, schlug ein glühender Nagel in mein Hirn.

Dann war ich tot.

Ich kam in meinem Wasserbecken zu mir. Das Mädchen war nicht zu sehen, aber ich wusste, wohin sie verschwunden war.

Am nächsten Abend trat ich wie gewohnt meine Schicht an. Das Fieberwetter hatte nachgelassen, und die Gäste kamen wieder, um sich von mir ihre Drinks mixen zu lassen.

Später erfuhr ich, dass die Männer in ihren Anzügen versuchten, das Hotel zu kaufen. Ich riet dem Chef davon ab, und er hörte auf mich.

Trotzdem beließen die Männer es nicht dabei. Sie kamen noch einmal wieder und zeigten das Foto jedem Mitarbeiter und jedem Gast. Meine Arbeitskollegen wurden gierig, als sie von der Belohnung hörten, wussten aber nichts Hilfreiches. Die toten Gäste hingegen erkannten das Mädchen auf dem Foto, sagten aber, sie hätten es lange nicht mehr gesehen.

Während die Männer sich umhörten, widmete ich mich mit gespielter Unschuld unter der Theke meinem Tetris.

Schließlich zogen die Anzugträger mit leeren Händen wieder ab und ließen sich nicht mehr blicken.

Das ist die Geschichte, die ich Ihnen erzählen wollte. Wenn Sie nach Ihrem letzten Abend noch ein wenig in der Stadt bleiben wollen – gerne auch länger –, kommen Sie ins LETZTER WIDERSTAND. Ich habe einen guten Draht zum Chef und kann Ihnen einen günstigen Preis machen.

Ich arbeite gerne dort. Es ist ein herrlich sorgloses Leben. Nur, wissen Sie, all die Jahre habe ich mich nie gefragt, warum die noch nicht weitergezogenen Toten dort einkehren.

Jetzt weiß ich es.

Das Mädchen? Es ist umgezogen. Es wohnt nun in meinem Kopf.

Jetzt schauen Sie nicht so entsetzt! Es ist nur eine Geschichte, und Geschichten leben dadurch, dass man sie erzählt.

Das nächste Getränk geht auf mich.

Das Leiden der Statuen im Winter

Mit einem müden Schmatzen löste sich meine Stirn von dem klebrigen Thekenholz. Ich befand mich in einer Bar, die ich noch nicht kannte oder an die ich mich nicht erinnern konnte. Sie sah aus wie eine dieser angesagten, in den Stadteingeweiden verborgenen Erbauungsschenken, die nur in bestimmten Kreise bekannt waren.

Ich gehörte zu keinem Kreis und doch zu allen, das war mein Geheimnis.

Wie viele andere saß ich auf einem Pilzhocker an einer kreisrunden Theke, die den Durchmesser eines Schwimmbeckens hatte. Von der Decke hing kopfüber eine Betonpyramide von erdrückender Größe. Neben mir inhalierte jemand Blütenstaub und musste davon so stark husten, dass ihm rote Käfer aus den Ohren fielen. Jedenfalls hoffte ich, dass es Käfer waren.

Um mich mit der Gegenwart zu vereinen, bestellte ich einen Drink, wie ich ihn noch nie getrunken hatte. Der Barkeeper war ein Kraken in einem lächerlichen Paillettenkostüm. Wie ich diese achtarmigen Tintensäcke verachte! Aber leider mischen diese raffinierten Betrüger gute Drinks.

Auch dieses Exemplar enttäuschte mich nicht. Ich bekam tatsächlich einen Drink, wie ich ihn noch nie getrunken hatte.

Eine der Zutaten trieb heiße Nadeln in mein Rückgrat. Plötzlich wurde ich gewahr, dass die Bar vielmehr eine Halle war. Zahllose Tische standen in konzentrischen Kreisen um die Rundtheke. An ihnen wurde gespielt, getrunken, gestritten und gelacht. Ich ahnte noch nicht, in welcher verschworenen Gemeinschaft ich mich befand, aber die Nacht hatte mich hierher geführt, und wie ich zu meiner Freude feststellte, musste ich meine Getränke nicht bezahlen.

Beherzt stand ich auf und fand mich kurz darauf an einem der Tische in Gesellschaft wieder, die ich anscheinend schon länger genoss. Niemand nahm an meiner Anwesenheit Anstoß, also akzeptierte ich es ebenfalls, obwohl ich nicht wusste, wie ich an den Tisch gekommen war. In meiner Hand hielt ich einen anderen Drink.

Ein Kerl mit einer Brust so breit wie eine Autofront erzählte, wie er irgendeine Frau in die Demenz gebumst hatte. Er trug einen Visierhelm, der wie ein dreiäugiger Frosch geformt war. Vor ihm auf dem Tisch lag eine zweiblättrige Axt.

Alle lachten, bis auf eine Frau, die anstelle eines Kopfes eine riesige Hand auf ihren Schultern trug. Da ich der Zeichensprache mächtig schien, verstand ich, was die Zuckungen ihrer Kopffinger sagten.

Du lügst.

Niemand nennt mich einen Lügner, schrie der Froschhelm und stürzte sich mit seiner Axt auf die Handköpfige, die ihn mit einem Fingerschnippsen zu Boden schickte.

Damit schien die Angelegenheit entschieden. Finger so lang wie Arme bestellten eine Runde Smaragdgift, es wurde gemeinsam getrunken und dann verirrte ich mich in irgendwelchen Gesprächslabyrinthen. Ein Teil von mir versuchte herauszufinden, ob ich mich immer noch in der Bar befand, in der ich aufgewacht war, ein anderer lauschte auf Hinweise, was dies für ein Ort war, doch die größte Kraft wendete ich dafür auf, nicht erneut die Zeit zu verlieren.

Nur eines der Gesichter am Tisch weckte vage Erinnerungen in mir, doch diese waren weder mit einem Namen noch einer Situation verbunden. Ich musste mir eingestehen, dass ich nicht einmal wusste, wann, wo und mit wem die Reise begonnen hatte, die mich zu diesem Punkt gebracht hatte.

Ich tat das, was bei solchen Erfahrungen das Ratsamste ist: Ich machte weiter.

Das vermeintlich bekannte Gesicht gehörte von einer jungen Frau mit geflochtenem Wurzelhaar und zwei lebenden Ratten auf den Schultern. Irgendwie erfuhr ich ihren Namen, doch da er mir auch keine Erkenntnis brachte, vergaß ich ihn sofort wieder. Eine ihrer Ratten sagte stets die Wahrheit, die andere log, doch wenn sie etwas gefragt wurden, sagten sie jedes Mal dasselbe.

Die Anwesenden schien eine gemeinsame Tätigkeit zu verbinden, doch da alle über sie im Bilde schienen, wurde sie nicht weiter thematisiert, sah man von Andeutungen und mir rätselhaften Scherzen ab, bei denen ich mitlachte, als wäre ich eingeweiht.

Vor einigen Jahren war ich ebenso zufällig in einer urbanen Legenden gelandet: einer verborgenen Absackerkneipe für die Seelenmüllsammler der Stadt. Wissen die Wälder, wie ich dorthin gekommen war. Es wurde über alles mögliche geredet, nur nicht über Seelenmüll. Von solchen Orten wusste man nur, wenn man dazugehörte. Oder meine Gabe besaß.

Jemand am Tisch schlug eine Pokerrunde vor, man kaufte sich mit Erinnerungen ein. Gegen einen cholerischen Froschhelmträger, eine Frau ohne Gesicht und die Mutter der Ratte der Lüge und der Ratte der Wahrheit rechnete ich mir keine nennenswerten Chancen aus. Zudem stand es durch meine Rauschdemenz ohnehin nicht gut um meine Erinnerungen. Ich wollte nicht aufs Spiel setzen, was noch in den Ruinen meines Gedächtnisses hauste, und verabschiedete mich.

Irgendwo hinter dem äußeren Tischring wurde getanzt. Grelle Lichter brannten Trugbilder auf die Netzhäute der betäubt Tanzenden. Der Verkünder der treibenden Bässe verbarg sich hinter einer Wolke aus verdampften Sehnsüchten. Ein Kind im viel zu großen Ledermantel irgendeiner Geheimpolizei bot mir erst frittierte Glücksmaden und dann seinen Körper an. In beiden Fällen lehnte ich ab.

Nebelfäden liebkosten meine nackten Waden. Ich musste erkennen, dass ich unter meinem scharlachroten Gehrock keine Hosen mehr trug. Niemand schien davon Notiz zu nehmen, dennoch befiel mich eine plötzliche Scham. Ich schaute mich nach einem Séparée um und wurde hinter einem Vorhang aus Traumseide fündig. Auf der Suche musste mir jemand einen neuen Drink spendiert haben, jedenfalls hielt ich ein anderes Glas in der Hand. Die Flüssigkeit hatte die Farbe morgendlichen Schleims aus entzündeten Lungen und eine vergleichbare Konsistenz, schmeckte aber lieblich wie das Sekret jungfräulicher Birkendryaden – mit sehr viel Alkohol.

Hinter dem Vorhang fand ich einen Salon. Umgeben von deckenhohen Regalen, in denen Folianten mit dem Staub träumten, standen auf einem riesigen Teppich schwere Sessel, bezogen mit den gegerbten Häuten ausgestorbener Tiere. Seit ich gehört hatte, dass medivianische Teppichweber geheime Rauschbotschaften in ihre Arbeiten knüpften, betrachtete ich jeden Ausleger, der mir unter die Füße kam, äußerst genau. So verlor ich mich auch im Studium dieses Prachtexemplars und bemerkte darüber gar nicht, dass ich nicht alleine im Raum war.

Ich kroch über den Boden, bis ich mich plötzlich einem Paar hellbrauner Stiefel gegenüber sah. Darüber stemmten sich schlanke, feste Schenkel gegen einen Hosenstoff von einer eigenwillig blauen Farbe, für die mir jeder Vergleich fehlt. Sie entfachte ihn mir die Sehnsucht, zwischen diesen Schenkeln versinken zu wollen. Es folgte eine kurze, ebenfalls hellbraune Jacke, deren Kapuze ein Rätsel einrahmte. Unter dem Pelzrand der Kapuze sah ich eine gescheckte Mütze und darunter eine große, dunkle Facettenbrille, die von dem Gesicht nur eine feine Nase, einen schmalen Mund und ein spitzes Kinn unbedeckt ließ.

Du bist ein Lord, sagte die Frau. Ihre Stimme hatte kein Alter.

Ein Lord ohne Land und ohne Hosen, erwiderte ich, während ich aufstand. Ich bin mir nicht einmal sicher, ob ich noch den Titel habe.

Sie wirkte, als rauchte sie eine lange, filterlose Zigarette, obwohl sie das nicht tat.

Du bist keiner von uns.

Ich zeigte mich ertappt. Die Erfahrung hat mich gelehrt, dass man in solchen Situationen nichts abstreiten sollte – außer natürlich, das Überleben hing davon ab. Meistens wurde diese Ehrlichkeit goutiert und man durfte bleiben.

Frag mich nicht, wie ich hier reingekommen bin.

Das interessiert mich nicht.

Etwas hinter der Brille sezierte mich. Ich machte das Beste aus dem Schweigen der Fremden: Ich stürzte meinen Drink hinunter, entdeckte im Augenwinkel eine Minibar, ging hin und schüttete mir nach.

Ich bin gleich verschwunden, sagte ich.

Du bleibst. Setze dich.

Da ich meinen Willen bereits der Nacht geopfert hatte, nahm ich in einem Sessel ihr gegenüber Platz. Immer noch hatte ich den Eindruck, dass sie rauchte.

Du interessierst dich nicht für dich. Daher fällst du auf.

Den anderen bin ich nicht aufgefallen.

Sie sind zu sehr mit sich selbst beschäftigt.

Dann bist du selbst anders?

Mein Charme zeigte keine Wirkung in ihrem halbverborgenen Gesicht, das ebensogut aus Marmor hätte sein können.

Ich bin nicht anders. Ich wähle bloß besser aus. Du wirst mir zuhören.

Es gab eine Stadt vor der Stadt. Etwas, das sich in einer kalten Zeit einen Mantel übergeworfen hat, von dem es dann verschlungen wurde.

Diese Stadt hatte einen Namen. Mehr noch, sie hatte eine Vergangenheit und eine Zukunft, und wenn die Menschen in ihr schliefen, ließ sie sie an beidem teilhaben. Doch irgendwann gab sie ihre Zukunft für die Gegenwart auf und vergaß darüber ihre Vergangenheit.

Bevor dies geschah, lebte in der Stadt die Tochter eines Lords. Ihre Altersgenossinnen sammelten falsches Lachen, Salamandertränen oder die Schwänze umherziehender Prinzen, sie jedoch sammelte die Kohleleichen verstorbener Bäume, die die Umarmung der Erde zu schwarzen Juwelen aus Ruß zusammengepresst hatte. Man nannte sie die

Ascheprinzessin und als sie älter wurde, wurde sie zur Aschefürstin.

Während es die Töchter der anderen Lords zu Hofe zog, ging sie zur Universität. Dort fand sie ihre Bestimmung. Sie erkannte, was sie in den Baumleichen gesucht hatte: das, was ihr die Träume der Stadt nicht zeigen konnten. Das, was vor der Stadt gewesen war.

Weißt du, warum die Stadt, in der du bist, keinen Namen hat?

Ich musste zugeben, dass dies eine Frage war, mit der ich mich nie beschäftigt hatte. Tatsächlich war mir bis zu diesem Zeitpunkt noch nicht einmal aufgefallen, dass niemand, auch ich nicht, die Stadt mit Namen genannt hatte. Die Stadt war die Stadt, das schien sie ausreichend zu beschreiben.

Die Stadt ist nicht eine Stadt. Sie wurzelt in den urbanen Kadavern ihrer Vorgänger. Stadt erhebt sich auf Stadt und jede Ruinenschicht versiegelt die Vergangenheit. Doch als die Aschefürstin herrschte, war es anders. Die

Vergangenheit befand sich direkt unter den Füßen der Menschen.

Es gab zu jener Zeit Traumhistoriker, die unter dem Einfluss von Blütensäften durch die Nachtgedanken der Stadt flanierten, um ihre Geschichte nicht nur zu erkunden, sondern zu erleben. Doch die Aschefürstin traute dieser Methode nicht. In den Wurzelrelikten vorurbaner Epochen glaubte sie, den Beweis gefunden zu haben, dass die Stadtträume nicht alles zeigten. Nicht, weil die Stadt es vergessen hatte, sondern sie es vor ihren Bewohnern verbarg. Die Aschefürstin strebte danach, dass die Geschichte sich ihr durch sich selbst offenbarte.

Sie fing an, immer tiefer zu graben. Manche belächelten sie milde, andere tuschelten hinter vorgehaltener Hand und wieder andere feindeten sie offen an, doch sie besaß eine gewisse Reputation und das Vermögen ihres Vaters, der durch ein gefährliches Spiel mit jenen, die immer schon da waren, erst seine Seele und dann sein Leben verloren hatte.

Rindenträume und Borkengesichter wiesen ihr den Weg in die Tiefe. Sie schloss ein lukratives Geschäft mit einem Stamm halbwilder Maulwurfsmenschen ab, die für sie die Stollen in die Erde trieben. Die Erdjuwelen, die sie dabei zutage förderten, waren für die Aschefürstin nicht von Interesse. Sie verkaufte sie als Abfallprodukt ihrer Forschungen und mehrte dadurch ihren Reichtum. Das Einzige, was sie wollte, waren die Wurzelpfade in die Vergangenheit.

Schließlich fand sie den umgekehrten Wald, jene Bäume, die vor den Stadtgeschwüren der Menschen kopfüber in die Erde geflohen waren. Ihre Borken trugen die Male einer Vergangenheit, die die Stadt ihren Bewohnern verschwieg.

Sie sah. Und sie wurde gesehen.

Ein Greis stolperte kichernd in den Salon. Das einzige, das er trug, war ein Bart, der ihm bis zu den Knien reichte. Zwischen dem strähnigen Grauhaar ragte ein gewaltiger Ständer mit einer kindskopfgroßen, ölig glänzenden Eichel hervor. Da der Greis sehr schmächtig war, fragte ich mich, wie er das Gleichgewicht halten konnte.

Meine Nachtgefährtin verstummte. Da uns der Alte nicht zu bemerken schien, wie er so an den Bücherregalen vorbeitänzelte und an den Buchrücken leckte, machte sie mit einem Fingerschnipsen auf uns aufmerksam.

Das Faltenmännlein fuhr lachend herum. Als die granitfarbenen Augen jedoch die Frau erblickten – mich schienen sie gar nicht wahrzunehmen – erstarb das Lachen. Der Greis zuckte zusammen.

Du gehst, sagte sie.

Sein Schwanz erschlaffte so schlagartig, dass die Eichel mit einem lauten Klatschen auf den Boden fiel. Er schleifte sie hinter sich her, als er sich förmlich entschuldigend aus dem Raum kroch.

Sie widmete sich wieder ihrer Erzählung.

Im umgekehrten Wald der Tiefe wartete das Auge Das Alles Verneint. Baumäste hatten sich in sein Fleisch gebohrt und hielten es gefangen. Es sah die Aschefürstin, bevor sie es sah.

Die Erdbäume hatten sie gewarnt. Doch sie waren von Natur aus feige und ihr gegenüber deshalb zu scheu. Die Aschefürstin selbst war wegen ihrer Erfahrungen mit der Stadt misstrauisch. Sie ignorierte die vagen, zaghaft vorgebrachten Warnungen. Nichts sollte sie von ihrer Erkenntnis abbringen.

Als sie endlich das Auge sah, erkannte sie, dass es erblickte, wofür andere blind waren. Es hatte gesehen, was andere verbargen. Es erinnerte, was andere vergessen hatte.

Der Entschlossenheit der Aschefürstin hatten die feigen Kerkermeister des Auges nichts entgegenzusetzen. Sie befreite das Auge Das Alles Verneint und brachte es zurück in die Gegenwart.

Diese Entdeckung sollte die Aschefürstin berühmt machen, doch nicht, wie du vielleicht denkst. Denn sie teilte ihren Fund nicht mit anderen.

Es mag sein, dass das Auge sie korrumpierte, oder sie das Auge. Niemand war zugegen, als sie verschmolzen, doch alle waren Zeugen, als die Zyklopin sich erhob, um aus dem niedergeschlachteten Fleisch der Gegenwart die Vergangenheit neu zu formen.

Erstmals verlor die Stadt ihren Namen. Ein zweites Mal, als die Zyklopin nach einer Ära der Gewalt überwunden wurde. Man entriss ihrer Stirn das Auge Das Alles Verneint, zerlegte es und verteilte es auf alle Länder, damit sie das Unheil zu gleichen Teilen trugen. Der einstigen Aschefürstin goss man flüssiges Gold in den Schädel, das sich mit lodernden Zähnen durch ihr Gehirn fraß. Ihren Körper mantelte man in Stein und stellte ihn als Mahnmal auf.

Das Gelöbnis, niemals zu vergessen, vergaß sich selbst, als die Stadt begann, sich selbstverschlingend neu zu gebären.

Sie schien alles erzählt zu haben, das ich mir anhören sollte, jedenfalls schloss ich das aus ihrem anhaltenden Schweigen. In dem Regal hinter ihr kroch über Buchrücken aus illuminierter Borkenhaut eine Eiterschnecke. Ich fragte mich, wie lange sie wohl schon unterwegs war, und darüber, wie lange ich dort bereits saß.

Soll ich gehen?, fragte ich irgendwann.

Du sollst dich erinnern.

Da bin ich vielleicht nicht die beste Wahl, sagte ich offen heraus und hob augenzwinkernd mein Glas.

Du wirst dich erinnern.

Sie nahm ihre Brille ab. Für einen kurzen Moment sah ich meine vielfache Reflexion in dem dunklen Facettenglas, ein zersplittertes Ich ohne Hosen. Hinter der Brille waren keine Augen, nicht einmal Augenhöhlen, nur eine breite, hautbespannte Knochenfläche, wie eine viel zu tief sitzende Stirn.

Du bist der Richtige, sagte sie. Wir versammeln uns allabendlich hier, wir erzählen unsere Geschichten, doch niemand hört zu. Ich komme länger hierher als die meisten und von niemandem kann ich dir den Namen sagen. Du bist anders als wir. Du hörst zu.

Warum ist dir das so wichtig?

Wenn sich niemand erinnert, erinnern wir an nichts.

Sie zog die Kapuze zurück und nahm die gescheckte Mütze ab. Schwarze Locken glitten ihr Gesicht entlang und kräuselten sich auf ihren Schultern. Aus der Stirn schaute mich ein goldenes Auge an.

Was immer danach geschah, ich musste hartnäckig und erfolgreich daran gearbeitet haben, es zu vergessen. Zum Guten oder zum Schlechten – ich tendiere zum ersten.

Die Nacht zersplitterte in ein Kaleidoskop widersprüchlicher Eindrücke. Mein Mund schmeckte nach den Farben, die ich hörte, und irgendwo tanzte ich zwischen Spiegelscherben mit einem Zeigefinger. Dies war nur der Anfang von etwas, das mich Tage später halbverdaut auf einen Berg Autoreifen ausspie. Zu meinem Pech benutzte eine Kolonie Kloakensegler die Reifen als Nistplätze. Als ich den aufgebrachten Angriffen der garstigen Federtiere entkommen war, stellte ich fest, dass ich mich in dem Wellblechlabyrinth der Armensiedlung am Rande des Abwasserkanals befand.

Irgendwie fand ich dort hinaus.

Ende.

Nein, das stimmt nicht. Mein Lebensstil mag mich nicht als glaubwürdigen Chronisten empfehlen, und ich bin kein guter Erzähler,

aber ich muss meinem Bericht etwas hinzu-
fügen.

Die Frau, der ich in jener Nacht begegnet
bin, hat recht behalten. Ich werde mich erinnern. Das schließt nicht aus, dass ich vergessen werde, was sie mir erzählt hat. Daher
habe ich diesen Bericht geschrieben.

Als ich das Wellblechdorf hinter mich gelassen hatte, trieb ich ziellos durch die Stadt,
die Gedanken schwer von der grauen Depres-
sion, die sie am Tage auf ihre Bewohner ab-
lädt. Ich war unschlüssig, was ich mit mir anfangen sollte, und mir unsicher, wo ich zur
Zeit überhaupt wohnte.

Ich wanderte durch die verschachtelten
Irrwege sinnlos zusammengewachsener Hin-
terhöfe, als mich der traurige Anblick eines
Mobiles aus Hemden gefangen nahm, die jemand zum Trocknen aufgehängt hatte. Kno-
chenklammern hielten sie an Schnüren, die
sich wie das Netz einer Spinne auf Traumkris-
tallen zwischen den Häusern spannten. Ein-
zelne Schnüren wickelten sich um die Fingern einer Statue, die in der Mitte des Hofes
stand.

Um ihren Sockel war ein Beet angelegt worden, das die Zeit hatte verwildern lassen. Unter dem ausladenden Blatt eines Nesselfarns hatte sich eine altersschwache Zwerghyäne zum Sterben abgelegt.

Wenn die Statue jemals mit großer Kunstfertigkeit aus dem Stein gehoben worden war, war diese von der Witterung abgetragen worden. Von ihrem linken Arm war nur ein Stumpf übrig, das Gesicht war eine ovale Maske ohne Konturen.

Fast wäre ich weitergegangen, doch dann sah ich noch einmal hin. Anschließend rannte ich in das nächste Café, schlug einen der dort brütenden Autoren nieder und stahl seine Schreibmaschine, um das Papier mit diesem Bericht zu prägen.

In der Stirn hatte die Statue ein rundes Loch, groß genug für ein einzelnes Auge aus Gold, von gierigen Händen aus dem Stein herausgebrochen.

Gebenedeit sei
die Frucht
deines Rausches

I   Begegnung

Die Häuser hier strebten einst immer weiter in die Höhe. Es begann als Wettstreit mit den Bäumen, doch im Gegensatz zu den borkigen Gesellen besaßen die Häuser keine natürliche Geduld. Als sie schließlich die graue Regendecke erreichten, knickten sie vor Schwermut ein. Und so lehnen sie nun aneinander, Dach an Dach, und bilden einen lichtlosen Tunnel voller blinder Fensteraugen.

Eine nette Anekdote, nicht wahr? Was daran stimmt, will ich nicht beurteilen. Aber eines steht fest: Die Suizallee ist einer der trostlosesten Orte, die es gibt. Allerdings sind die Mieten günstig, daher ziehen immer wieder ohnehin schon verzweifelte Seelen hierher, nur um Wochen später das eine Ende ihres Gürtels um die Heizung, das andere um ihren Hals zu binden, und so aus dem Fenster zu springen.

Auch dieses Mal baumelte über meinem Kopf ein unüberschaubares Leichenmobile. Die Vermieter machten sich kaum Mühe, die Erhängten fortzuschaffen – es sei denn, es gab Interessenten für die freigewordene Wohnung. Daher musste man bei einem Spaziergang auf der Suizallee aufpassen: Immer wieder konnte es passieren, dass ein vom Leichengift zersetztes Körperteil herunterfiel. Oder – wenn der Gürtel riss – ein ganzer Körper.

Vorsichtshalber spannte ich meinen Schirm auf. Er war aus Metall.

An Orten, an denen so viele Verzweifelte Selbstmord begingen, häuften sich Berge an Seelenmüll an. Daher war es ein Leichtes, hier eine alte Bekannte zu finden.

Sie war eine lizensierte Entsorgerin für den Seelenmüll der Toten und in ihrem Job die beste in der ganzen Stadt. Eine junge Frau mit dunkelbraunen, fast schwarzen Haaren und einem weißen Ledermantel über dem maßgeschneiderten Hosenanzug.

Ihre Hände steckten in gelben Handschuhen und versenkten etwas in einem Kanister, das ich mir nicht näher besehen wollte. Sie rauchte.

Die Kippen werden dich noch einmal ins Grab bringen, sagte ich zur Begrüßung.

Wenn du wüsstest, antwortete die Entsorgerin und spuckte einen blutigen Klumpen Schleim aus.

Ich zündete mir selbst eine an.

Warum kommst du zu mir? Geht es um die Silberfische, die ich dir noch schulde?

Ich suche jemanden, sagte ich.

Ist diese Person tot?

Ja, und zwar schon lange. Aber sie hat Spuren hinterlassen.

Mit der Zigarette zwischen den Zähnen sagte sie: Ich handele nicht mit Erinnerungen, und das weißt du, Vagabund. Sentimentalitäten sind nicht mein Geschäft.

Es ist wichtig, dass ich finde, was von ihr geblieben ist. Egal, wie wenig es ist.

Die Entsorgerin schüttelte den Kopf.

Ich würde nicht zu dir kommen, wenn es nicht wichtig wäre. Sie ist gestorben, aber sie ist zurückgekommen. Und dabei hat sie etwas vergessen, das sie nicht vergessen sollte. Sie schlägt Wurzeln in einen Boden, der vergiftet ist. Wenn ich nichts unternehme, wird sich die Katastrophe wiederholen.

Welche Katastrophe?

Ich griff in meine Manteltasche, holte eine alte Fotografie hervor und zeigte sie der Entsorgerin. Sie betrachtete das Bild mit großem Misstrauen, während blauer Dunst aus ihrer Nase kroch. Währenddessen fiel etwas, das einmal ein Schwanz gewesen sein mochte, aus großer Höhe herab und klatschte neben uns auf den Asphalt.

Warum ist sie dir wichtig, Vagabund?

Normalerweise teile ich Persönliches nicht mit anderen. Aber ich kannte die Entsorgerin schon lange, und in dieser Stadt der Illusionen und Selbstlügen war sie eine der wenigen, der ich wirklich vertraute.

Es ist meine Schuld, dass sie zurückgekommen ist. Wenn ich sie nicht finde, wird sich ihre Geschichte wiederholen. Ich will ihr helfen, aus diesem Kreislauf auszubrechen. Das schulde ich ihr.

Sie hob eine Erinnerung vom Boden auf, die sich zuckend der Demenz entgegenstemmte, und warf sie teilnahmslos in den Kanister. Dann deutete sie nach oben.

Der dritte von links hatte mit ihr zu tun. Fallnummer 11-WBR-19. Wenn du Glück hast, haben sie seinen Müll noch nicht vernichtet.

Ich nickte und wandte mich zum Gehen.

Danke. Wir sehen uns.

Das glaube ich nicht, sagte sie und hustete mir zum Abschied ein Stück ihrer Lunge entgegen.

II   Reflexion

Ich muss anders beginnen. Es geht schließlich um dich, nicht um eine kurzweilige Erzählung.

Ich bin lange unterwegs gewesen und erst vor kurzem in das Fieber zurückgekehrt. In die Stadt kam ich noch später. Ungelöste Angelegenheiten hielten mich ab. Ich traf mich mit einigen alten Weggefährten, anderen ging ich aus dem Weg oder sie mir. Es war eine Art stillschweigende Übereinkunft zwischen uns, aus Rücksicht vor allen anderen, die darunter gelitten hätten.

Ich war nicht überrascht, als man mir sagte, dass du tot bist. Du neigtest immer schon dazu, zu gehen, wenn man nicht aufpasste. Doch dieses Mal hatte ich vorgesorgt, dass die Tür einen Spalt offen blieb. Und ich hatte dir damit keinen Gefallen getan.

Durch den Türspalt kroch etwas in dein neues Leben, das sich um dich wie ein Irrgarten aufbaute. Es war nur eine Frage der Zeit, bis die Wände einstürzen und dich unter sich begraben würden. Oder du selbst sie zum Einsturz bringen würdest.

Hättest du mich in deinem neuen Leben erkannt und gewusst, dass ich deiner Fährte folgte, du wärest in die Suizallee gezogen und mit dem Gürtel um den Hals aus dem Fenster geglitten. Ganz behutsam, so dass es dir nicht das Genick brach, sondern dich langsam strangulierte.

So warst du schon immer, sooft ich dich kennenlernte.

Ich beschloss, dieses Mal behutsamer vorzugehen. Ich wollte sammeln, was von deinem alten Leben geblieben war: die exzessive Saat der Selbstauslöschung, das tiefverwurzelte Unkraut, das in den Spalten wucherte.

Der Seelenmüll von 11-WBR-19 – ein gescheiterter Bühnenlügner, der zeitlebens versucht hatte, seine Vergangenheit in Wein zu ertränken, mit dem einzigen Erfolg, dass dies seine Leber wie sein Hirn gleichermaßen zersetzt hatte – war die stärkste Fährte, die ich von dir besaß. Meinen eigenen Erinnerungen wollte ich nicht folgen, da ich ihnen nicht traute. Auch wenn sie uns am Leben halten, es gibt keine größeren Lügen.

Deine Geschichte war in das Fundament der Stadt eingemeißelt. Es wäre leicht gewesen, dieses Fundament einzureißen, aber so weit wollte ich nicht gehen. Es schien mir den ganzen Unbeteiligten gegenüber nicht angemessen. Daher sollte der Seelenabfall von 11-WBR-19 mein Kompass sein, um die übrigen Reste deines alten Lebens zu finden.

Doch ich zögerte.

Statt zu handeln, saß ich regungslos auf dem Bett in meiner Absteige. Das Zimmer, in dem ich hauste, war nicht das Zimmer, das ich sonst immer bewohnt hatte. Ich hatte bei meiner Rückkehr feststellen müssen, dass es Frau Saburros Heim der Hoffnungslosen nicht mehr gab. Während der letzten Fieberzeit war die Herbergsmutter das Opfer einer spontanen Selbstentleibung geworden, und das Heim der Hoffnungslosen war nun eine Anlaufstelle für depressive Dominas. Ich musste mir etwas anderes suchen. Der Verlust meines Zimmers war nicht mehr als ein melancholischer Phantomschmerz, aber ich bedauerte den Umstand dennoch.

Ich beobachtete den Tanz einer narkotischen Federschrecke an der gegenüberliegenden Wand. Die Federschrecke sah aus wie eine Mischung aus Insekt, Fischgräte und Vogel, war nicht größer als eine Zigarette und kurzlebiger als ein flüchtiger Blick auf der Tanzfläche. Noch während ich ihren eleganten Reigen beobachtete, starb sie. Ich fragte mich, wer das Tier von Narkotia in die Stadt eingeschleppt hatte, denn soweit ich wusste, waren Federschrecken hier nicht heimisch. Vielleicht war dieses Exemplar oder einer seiner Vorfahren als steifgefrorene Delikatesse am Wandernden Markt angeboten worden, aus Versehen aufgetaut und entkommen.

Um mich mit etwas anderem zu beschäftigen, besah ich mir meine Hände. Sie waren von den Brandnarben einer anderen Geschichte entstellt. Wurde ich etwa doch alt? Das war ein lästiger Gedanke.

Ich stand auf und ging zu dem fleckigen Messingspiegel. Als eitler Mensch meide ich eigentlich Spiegel, denn ich neige dazu, mich in ihnen zu verlieren.

Die Narben auf meinem geschorenen Schädel glichen der Landkarte eines aufgegebenen Planeten. Ich zählte die grauen Haare in meinem Bart und fand, dass es zu wenige waren. Ich bereitete mir einige Sorgen und färbte weitere Haare grau. Erst als ich damit zufrieden war, wagte ich den Blick in die Augen.

Ich ertrug den Anblick nicht.

Ich schmolz den Spiegel. Genug von mir. Mein Zögern machte es dir nicht einfacher.

III Spurensuche

Mein Seelenmüllkompass gab mir die Richtung vor, und mit jedem Fragment deines alten Lebens wurde er stärker.

Als erstes führte er mich zu einem Wandgestalter mit einem reißenderen Redefluss als die Stromschnellen von Medevian. Periodisch erzählte er von der gemeinsamen Eskalationszeit mit dir. Ich nahm ihm diese Erinnerung und beließ ihn im Kreislauf seiner Gedanken.

Im Keller des Lichterhauses fand ich zwischen bleichen Taubenknochen und modrigen Papiermumien vergessener Todesurteile eine Strähne deines Haares. Während der Geburtstagsfeier des Herrn mit der Truthahnmaske hattest du die Strähne einem Blumenmädchen geschenkt, das sich nur durch Farben verständigen konnte.

Auf dem Platz der Immergoldenen Bäume jonglierte ein Clown mit den fiebrigen Schriften falscher Propheten. Sein Mund war voller entzündeter Zähne. Vor vielen Jahren hatte er dich gekannt und geliebt wie eine kleine Schwester, bevor die Demenz der Traumkristalle euch auseinanderbrachte. Dass er mir bereits einmal begegnet war, wusste er nicht mehr. In ihm schlummerte immer noch etwas von dir, doch ich musste es gewaltsam aus ihm herausholen. Er überlebte es leider nicht.

Auf der Schmetterlingsbrücke hatte jemand deinen Namen in den Flügel eines Steinfalters geritzt, bevor er sich in den Kloakenstrom gestürzt hatte. Ich erweckte den Falter zum Leben und fing ihn mit einem Netz ein. Dabei wäre er mir fast entwischt.

Einmal vernahm ich plötzlich den Geruch versengter Haare. Es mochte sein, dass ich ihn mir nur eingebildet hatte. Trotzdem ging ich anschließend behutsamer vor.

Ich suchte weitere Orte auf, begegnete Menschen, denen du etwas bedeutet hattest, und trat in die Fußspuren deines abgestreiften Lebens. Ich erkannte, wie wenig ich wirklich über dich wusste.

Als ich dich kennengelernt hatte, verliebte ich mich in das Rätsel, das dir schließlich zum Verhängnis wurde. Sooft ich mir vornahm, mir die Liebe abzugewöhnen, das heimtückische Biest hat mich immer wieder an den Eiern. Man entzieht sich leichter Heroin als der

Liebe. Das einzige, was man machen kann, ist sie anzunehmen und zuzuschauen, wie sie einen tötet.

IV   Befreiung

Ich benötigte zwei Wochen, bis ich alles zusammenhatte. Mein Kompass hatte mich zu
jedem Staubpartikel deiner alten Existenz geführt. Es war letztlich mehr, als ich angenommen hatte. Die einzelnen Fragmente rotteten sich zusammen, schmolzen ineinander
und verpuppten sich. Doch noch fehlte das
Entscheidende, um die Metamorphose abzuschließen: meine Erinnerung an dich.

Ich nahm ein Einmachglas voller Leuchtkäfer in die Hand und stieg ich in mich hinab.
Mein Inneres war ein staubiger Ort, irgendwo
zwischen Museum und Abstellkammer. Wie
jedes Mal nahm ich mir vor, dringend aufzuräumen. Ich habe es bis heute nicht getan.

Ich musste nicht lange nach der Erinnerung an dich suchen. Ich verwahrte sie ganz
in der Nähe meines Herzens. Die Erinnerung
erschien mir als gleißende Ikone. Ohne mir
Gelegenheit zum Zögern zu geben, griff ich
sie mir und ging zurück.

Ich weckte das verpuppte Konglomerat
deines alten Lebens und warf ihm die Ikone in
den gierigen Schlund.

Lass es dir schmecken, sagte ich und entzündete mir eine Zigarette.

Es war wie eine Totenerweckung. Ich hatte aus Leichenteilen eine Kreatur geschaffen, die dir ähnelte. Aber sie war nicht du. Du warst eine andere, die nichts von ihrer Vergangenheit ahnte, doch intuitiv anfing, die Weichen Richtung Katastrophe zu stellen.

Die Verwandlung war abgeschlossen. Der Kokon brach auf, ihm entstieg ein dunkles Etwas. Es sah mich mit deinen Augen an.

Du wolltest mich gehen lassen, sagte es mit einer Stimme, die mehr Enttäuschung als Vorwurf ausdrückte. Stattdessen hast du gewartet, dass ich zurückkomme.

Seine Dunkelheit zog mich an. Wie bei meinem Spiegelbild drohte ich, mich in ihr zu verlieren.

Ich hatte dir nicht die richtigen Worte zum Abschied gesagt, nur Belanglosigkeiten, obwohl ich es hätte ahnen müssen. Die Versuchung war groß, sie jetzt zu sagen.

Ich drückte die Zigarette aus. Du wirst nicht sein, sagte ich. Jetzt und zu jeder Zeit.

Und damit war es getan.

V   Austreibung

Manche halten mich für einen guten Menschen, aber ich kenne mich besser.

Natürlich habe ich mich belogen. Mein verräterisches Herz sah es nicht ein, alles von dir für dich zu opfern. Ich bemerkte es erst später.

Aber es soll mir niemand nachsagen, dass ich nicht gründlich arbeite. Mein Ruf steht auf dem Spiel.

Also habe ich mir diese Schreibmaschine gekauft. Mit jedem Tastenschlag eliminiere ich die verbliebenen Erinnerungen. Ich löse sie aus mir heraus und präge sie in das Papier.

Es ist vollbracht, ich habe mich von dir befreit. Ich werde der Versuchung widerstehen und nicht lesen, was ich geschrieben habe.

Nur noch wenige Anschläge und ich werde diese Seiten verbrennen.

Auf dein Leben, meine Liebe.

Engel

Sie müssen aufhören zu rauchen, sagte der Doktor über den Rand seiner Facettenbrille hinweg. Wenn Sie weiter so stark rauchen, werden Sie in wenigen Wochen tot sein.

Das waren unerfreuliche Aussichten, aber soweit erzählte der Weißkittel mir nichts Neues. Die Zeichen des nahenden Todes wurden immer aufdringlicher. Sie hämmerten mit jedem Tag lauter gegen meine Brust.

Was sollte ich dem guten Doktor denn sagen? Dass er und wir alle verloren waren, wenn ich starb? Und erst recht, wenn ich mit dem Rauchen aufhören würde? Was er für einen Tumor hielt, war unser aller Ende – und nur Nikotin konnte es hinauszögern.

Es war die Pforte zum Himmel. Wenn sie sich öffnete, würden wir alle sterben.

In meiner Brust wuchs ein Engel heran.

Der Weißkittel besprach mit mir die medizinischen Möglichkeiten, mich zu retten, aber ich hörte nur halbherzig zu. Ich kannte dies bereits von anderen Ärzten. Neue Lungenflügel – hätte ich sie mir denn leisten können – würden mein Leben bewahren, aber das von niemandem sonst. Die Aussicht, als zwar frei atmender, aber letzter Mensch durch die Ruinen der Welt zu wandern, behagte mir nicht.

Ich verließ den armen Doktor. Er schien es mir übel zu nehmen, dass ich seine gut gemeinten Ratschläge nicht annahm. Vor seiner Praxis zündete ich mir eine an. Der Dunst breitete sich in meinen entzündeten Lungen aus. Der Engelsfötus hustete, ich mit ihm, und gleich darauf erbrach ich einen Schwall Blut. Die Passanten reagierten wie immer, wenn eine junge, geschmackvoll gekleidete Frau in der Öffentlichkeit Blut spuckt: Die meisten sahen weg. Ein vollbärtiger Kerl mit den Augen eines Kindes eilte jedoch zu mir. Wahrscheinlich malte er sich aus, dass ich ihn ranlassen würde, wenn er mir half. Stattdessen spuckte ich ihm ein Stück meiner Lunge entgegen und schenkte ihm ein blutiges Lächeln. Entsetzt machte er kehrt.

Der erste Zug war der Schlimmste, danach ging es meist. Ich wanderte durch die Stadt. Zum ersten Mal fragte ich mich, wie sie hieß. Das sind wahrscheinlich die Fragen, die sich einem stellen, wenn man stirbt. Ich wusste, dass andere Städte Namen hatten – Medevian, Altera und diese schillernde Vergnügungshölle in Narkotia zum Beispiel. Aber ich hatte nie erlebt, dass irgendjemand meine Stadt mit Namen ansprach. Und ich lebte mein ganzes Leben hier, ohne sie jemals verlassen zu haben. Wie die Dinge standen, würde ich dazu auch nicht mehr viel Gelegenheit haben. Wenn mit meinem Tod der Engel auf die Welt käme, würde die Stadt als erste vergehen. Man sollte ihr vorher noch einen Namen geben. Ein namenloses Grab schien mir nicht angemessen für all die ahnungslosen Seelen, auf die das Himmelsfeuer wartete.

Also dachte ich über einen passenden Namen für die Stadt nach, während ich den Weg zur Bronzebar einschlug. Ich passierte das Lichterhaus, das bei Tage so trostlos anzusehen war wie jedes andere Gebäude, das müde sein Dach unter der grauen Regenglocke einzog. Depressive Häuser für depressive Menschen. Am Tag war der Rausch nur eine dumpfe, lähmende Sehnsucht.

Auf der Schmetterlingsbrücke überquerte ich den Kanal, dessen trübe Kloake nach faulen Versprechen und ranzigen Hoffnungen stank. Ich hielt kurz inne und sah hinab auf das Wellblechdorf an den Ufern des Kanals.

Manche nannten es das Geschwür der Stadt, aber ich war mir sicher, dass die Stadt selbst ein Geschwür war. Konnte einem Tumor ein Tumor wachsen? Diese hoffnungslosen Menschenrelikte in ihren Blechzellen – doch selbst für sie ertrug ich meine Qualen, ich ungefragte Märtyrerin des Seins.

Ein anderer Nachteil des eigenen Sterbens ist, dass man einen Hang zum Pathetischen entwickelt. Das Pathetische war stets mein Feind. Ich war schließlich keine Tintenkleckserin oder Schreibmaschinenfolterknechtin, keine Kristallschirmdiva oder Bühnenlügnerin. Weder handelte ich mit Erinnerungen noch mit Hoffnungen. Meine Aufgabe war die Müllbeseitigung. Manche Kollegen entwickelten zwar ebenfalls einen Hang zum Pathos, aber ich habe immer die Meinung vertreten, dass man mit dem Seelenmüll der Toten am besten umging, indem man eine gewisse Nüchternheit bewahrte. Und dann fing ein Engel an, in meiner Brust zu wachsen. Wahrscheinlich pflanzte das Drecksding den Pathos in meine Gedanken.

Ich schweife ab.

Die Bronzebar war ein Loch. Der Eingang war ein Loch. Aus der kreisrunden Öffnung im Asphalt stiegen die verdunsteten Tränen der Enttäuschten auf. Ich stieg die rostigen Sprossen hinab in den Bronzekessel. Alte Ölfässer dienten als Tische, Glühwürmchen in Einmachgläsern sorgten für ein schummriges Licht. Tiefe, eintönige Musik ließ die Metallwände vibrieren. In seiner langen Geschichte war dieser Ort schon so ziemlich alles gewesen: Krematorium, Luftschutzbunker im Krakenkrieg, illegale Fleischbank, ein obskures Theater, Sammelbecken für Entwurzelte, Fäkaliengalerie – und seit einigen Jahren eine Bar, die vor allem von Okkultisten, Dämmerungsgestalten und gescheiterten Künstlern besucht wurde.

An seinem angestammten Platz saß der Spieler, ein hagerer Mann mit vorspringender Nase, auf dessen Rücken sich Gezeitenspinnen paarten. Wie stets trug er den fleckigen Trenchcoat, von dem ich annahm, dass er mit ihm verwachsen war. Als er mich sah, huschte die schlechte Imitation einer menschlichen Regung über sein Gesicht, so missglückt, dass es unmöglich war zu sagen, was sie darstellen sollte.

Er war nicht alleine. Neben ihm hockte eine verwachsene Zwergin, deren Kopf fast so groß war wie der Rest ihres Körpers. Sie hatte sich die Haare violett gefärbt und an den Seiten abrasiert. Ihr fehlten die Beine. Ihr Rumpf thronte in einer Messingschale, an die vier mechanische Beine montiert waren.

Sie sabberte.

Ich bestellte mir ein Glas von dem, was in einer dreisten Anmaßung als Bier verkauft wurde, und setzte mich zu den beiden.

Ich habe überfahrene Katzen gesehen, die sahen lebendiger aus als du, sagte der Spieler.

Das Bier schmeckte nach Krakenpisse und Verbitterung.

Ich freue mich auch, dich zu sehen. Wer ist deine neue Gespielin? Ist dir die Borkige etwa langweilig geworden?

Sie kann dir vielleicht helfen.

Die Miene des Spielers blieb ein unlösbares Rätsel. Er war ein Agent meiner Sache, der letzte, in den ich nach meiner vergeblichen Rundreise zu allen Ärzten der Stadt noch Hoffnung setzen konnte. Ich bezahlte ihn mit einer Wette. Vor Monaten, als mein Zustand immer schlimmer wurde, hatte ich mit ihm gewettet, dass er es nicht schaffen würde, mir zu helfen. Das hatte seinen Ehrgeiz geweckt.

Die Miniaturhände der Zwergin nestelten ein kleines Röhrchen hervor. Sie hielt es sich an die Kehle. Erst jetzt sah ich das Loch in ihrem Hals.

Erzähle mir von deinem Problem, sagte sie mit mechanisch verzerrter Stimme.

Ein Engel wächst in meiner Brust. Die Ärzte halten seinen Fötus für einen Tumor, aber ich weiß es besser. Er spricht zu mir.

Es fing vor vierzehn Monaten an.

An Kurzatmigkeit, stechende Schmerzen und einen schleimigen Husten, vor allem am Morgen, hatte ich mich längst gewohnt. Der morgendliche Auswurf gehörte zum alltäglichen Ritual wie der erste Kaffee. Dies ist ein kalkuliertes Risiko. Wer aus Überzeugung Drogen gleich welcher Art nimmt, sollte die Folgen kennen und in Kauf nehmen. Alles andere macht keinen Sinn.

Dann kamen die Träume.

Der Umstand, dass ich überhaupt träumte, war schon schlimm genug. Schließlich hatte ich mir das nicht ohne Grund abgewöhnt.

Zuerst träumte ich von Licht. Licht ist nicht das richtige Wort, aber das einzige, das mir dazu einfällt. Es war eine Helligkeit, die alles überstrahlte, so schmerzhaft, dass es meine Augen zum Kochen gebracht hätte, hätte ich es wirklich gesehen. Der Traum wiederholte sich wieder und wieder. Jedes Mal erwachte ich schweißgebadet. Ich merkte erst später, wie der Traum sich schleichend veränderte. Es war, als würde ich direkt in einen Scheinwerfer blicken, und dieser Scheinwerfer wäre alles, das es gibt. Dann kamen die Schatten, wie Flügelschläge von Motten, die kurz darauf im Licht verglühten. Oder flackerte das Licht kaum merklich?

In der nächsten Phase fiel ich aus großer Höhe. Das Licht war immer noch alles, das es gab, aber dazu kam das Gefühl eines endlosen Fallens. Nach zahllosen weiteren Nächten schlug ich auf. Es war nicht so, als würde mein Körper nach einem langen Fall auf Asphalt aufschlagen. Vielmehr, als würde ich in einen Körper einschlagen. Knochen brachen, Organe wurden zerquetscht. Gebein-splitter bohrten sich in Fleisch. Ab diesem Zeitpunkt begann der Bluthusten.

Der Engelsfötus sprach zu mir.

Seine brennenden Augen zeigten mir, was ich im Wachen gesehen hatte. Sie sezierten die Umstände. Sie enthüllten die Illusionen, die sich die Menschen von sich und der Welt machten. Sie zeigten mir Sünden, Lügen und Verfehlungen. Sie zeigten mir nichts Neues. Ich gehe mit offenen Augen durch die Welt und kenne die Menschen. Ich kenne den Rausch und den Exzess, die Unvernunft. Ich mag es.

Der Engel hasst es.

Siehe die Welt, die enden wird.

Siehe das Feuer, das reinigen wird.

Siehe den Koch, der seine Drogen aus den Ingredienzien der Vergangenheit braut, um die Zukunft vergessen zu können. Siehe die Liebende, die sich ihr Herz entnimmt, es in kleine Teile zerlegt verschenkt und an der Leere in ihrer Brust verzweifelt. Siehe den zuckenden Körper, dessen Erschöpfung den traurigen Geist betäubt. Siehe die aufsteigen-de Gestalt, taumelnd zwischen dem Boden, der ihr zuwider ist, und dem Himmel, der sie nicht will. Siehe die wiederkehrenden Keimlinge, Saat derer, die sich weigern, loszulassen. Siehe das elektronische Auge, das falsche Farben über die Welt malt, die es verneint.

Siehe jene, die vergehen müssen, um Erlösung zu finden.

So eine Scheiße.

Der Engel hasst alles, was ich schätze. Am meisten muss er mich hassen, aber vielleicht bilde ich mir das nur ein, weil ich persönlich nehme, was er mir antut.

Er hat sich die Falsche ausgesucht. Ich habe Erfahrung. Als lizenzierte Entsorgerin von Seelenmüll kenne ich mich aus. Er schien sich seiner Sache zu sicher, sonst hätte er sich nicht so früh offenbart, lange bevor er bereit war, aus mir hervorzubrechen.

Ich gab ihm alles, was er verabscheute. Ich lebte den Exzess. Damit hielt ich ihn klein und schwach, aber auf lange Sicht ging meine Rechnung nicht auf. Ich ruinierte meine Gesundheit.

Schließlich erkannte ich: Wenn ich sterbe, sind wir alle am Arsch. Wenn ich ihn nicht aufhalte, ebenfalls. Wie ich es drehte und wendete, am Ende würde der Bastard gewinnen. Lodernde Seelenfackeln, wo einst Menschen waren. Tote Städte und tote Natur, das Gegenteil eines Paradieses – aber nicht für ihn. Für ihn war es eine Vision des vollkommenen Friedens.

So sehr eine mechanische Lunge anfing, ihren Reiz auf mich auszuüben – und ich mochte noch nie solche Modifikationen –, so sehr wusste ich, dass eine Transplantation das Problem nicht lösen würde. Öffne meinen Brustkorb und der Engel entweicht. Noch sind meine Rippen sein Kerker.

Ich beriet mich mit verschiedenen Okkultisten, unternahm gar vereinzelte Versuche einer Austreibung, jedoch ohne Erfolg. Einige rieten mir, jene aufzusuchen, von denen man immer wieder hört, aber man findet sie nie, wenn man sie sucht. Ich hoffte, sie würden zu mir kommen. Aber entweder erkannten sie nicht den Ernst der Lage oder es interessierte sie nicht, weil sie glaubten oder wussten, es würde sie nicht bedrohen.

Auch die Medizin brachte keine Antworten, nahmen die Ärzte doch mein Problem nicht ernst. Nachdem man mir zweimal erklärte, quasireligiöse Erfahrungen seien üblich bei Sterbenden, und ein dritter offen meinen Geisteszustand infrage stellte, verschwieg ich den Engel in meiner Brust. Dafür bekam ich dann unnütze Ratschläge.

Sie müssen aufhören zu rauchen.

Das ich nicht lache.

Die Zwergin hatte sich meinen Vortrag schweigend angehört. Der Spieler, der die Geschichte schon zu genüge kannte, gewann und verlor in der Zwischenzeit je eine Pokerrunde.

Ich steckte mir eine neue Kippe an. Ich zerknüllte das leere Päckchen und öffnete vorsorglich das nächste. Zum Nachgang bestellte ich mir eine ganze Flasche Silbertränen, Jahrgang 53. Teuer, aber besonders stark.

Ich sehe das Problem, röchelte die Zwergin.

Gut. Damit bist du weiter als viele andere. Aber vor allem bin ich an Lösungen interessiert, nicht an Verständnis.

Ich kann dir helfen. Doch du wirst ein Opfer bringen müssen.

Wie sieht dieses Opfer aus?

Sie ignorierte meine Frage.

Ein Fall wie deiner ist selten. Sehr selten. Daher kann niemand anderes dir helfen.

Aber du kannst es?

Sie lächelte, was ihr ohnehin nur schwer zu ertragendes Antlitz ins Groteske überzeichnete.

Meine Freunde und ich wehren die Brut, die du als Engel bezeichnest, schon sehr lange ab. Alle paar Zyklen versucht einer von ihnen, hier Fuß zu fassen und für seine Ordnung zu sorgen. Wie du siehst, waren wir bisher immer erfolgreich. Wir beide sitzen hier und unterhalten uns.

Etwas sagte mir, mir würde ihre Lösung nicht gefallen.

Es ist ganz einfach. Du darfst nicht sterben. Er darf nicht erwachen. Für beides werden wir Sorge tragen.

Und das Opfer?

Du wirst träumen. Für immer.

Der Spieler kehrte an unser Ölfass zurück und schnäuzte eine Gezeitenspinne, die sich in seine Nase verirrt hatte, auf den Boden. Sein Gesicht zeigte immer noch keine deutbare Regung.

Und?, fragte er. Habe ich die Wette gewonnen?

Ich habe das alles aufgeschrieben, um es dir, mein Freund, zu schicken. Du magst damit anfangen, was immer du für richtig hältst. Ich weiß, wir haben uns lange nicht mehr gesehen und unser Abschied war nicht gerade herzlich. Und ich schulde dir noch einige Silberfische. Dadurch, dass ich die Welt rette, erlaube ich mir zu sagen: Wir sind quitt.

Zu dir will ich ehrlich sein: Ich habe Angst. Du weißt, wie sehr ich Träume hasse. Sie lassen uns die Lügen vergessen, die ich so sehr schätze.

Die Zwergin hat mir genau erklärt, was sie und ihre Freunde mit mir anstellen werden. Ich lasse die Details aus. Nicht, um dich zu ärgern. Betrachte es eher als Herausforderung an deine Phantasie. Gerade dir sollte es leichtfallen, dahinterzukommen. Es ist so naheliegend, dass es mich zum Lachen bringt.

Ich hätte selbst drauf kommen können. Aber meistens sind es die naheliegenden Dinge, die uns nicht einfallen. Und sei es nur, weil wir uns zu sehr vor ihnen fürchten.

Immerhin komme ich so doch einmal aus der Stadt raus.

Wenn du es herausgefunden hast, schaue einmal vorbei. Ich werde dich nicht erkennen, aber wenn jemand mich findet, dann bist du das.

Die Koffer sind gepackt, eher aus Gewohnheit. Gepäck werde ich nicht brauchen.

Die letzte Kippe liegt bereit.

Ich rauche sie für euch fiebrige Gestalten. Mögt ihr in ihrem Dunst weiter tanzen, wie ihr es immer gemacht habt, in der behaglichen Sorglosigkeit des Exzesses.

Hörbücher aus der Fieberwelt

Das grüne Haus
Die Geschichte von dem Wurzelding und
der alten Frau mit den nutzlosen Beinen.

Engel
Das Dilemma einer Seelenmüllentsorgerin,
der ein Engel in der Brust heranwächst.

Zum letzten Widerstand
Über einen Oktopus, der Geistergeschichten
sammelt und unverhofften Besuch bekommt.

Der Tanz der fliegenden Wölfe
Die Nacht im Verborgenen Garten,
in der das Universum kollabierte.

Requiem der Schildkröte für ihr Haus
Eine Erzählung über das Warten und
den Genuss, den es mit sich bringt.

Die bemalten Beine
Die erste Geschichte aus der Fieberwelt,
die jemals erzählt wurde.

**Erhältlich auf fieberwelt.bandcamp.com
und allen gängigen Plattformen.**

NADELN AUS RUß
EINE ROMANTISCHE NOVELLE
AUS DER FIEBERWELT

Im letzten Frühling, der keiner war, findet er die
Liebe seines Lebens eingewickelt in den Saiten eines
Messingflügels. In ihrer Hand hält sie eine Nadel aus
Ruß. Sie wird zum Schlüssel einer Romanze, die nicht
nur die beiden Liebenden, sondern die gesamte Stadt
für immer verändern wird.

ISBN: 978-3-7504-9649-1

DER VERSEHRTE
DES EXZESSES

Ich weiß nicht, warum ich es ausgerechnet dir
erzähle. Aber jemandem muss ich berichten –
von den rauschenden Festen, dem Gesang der
Treppengeister und den Folgen, wenn du nicht auf
deine Schuhe acht gibst. Du weißt, welchen Preis ich
für all diese Erlebnisse gezahlt habe. Er war es wert,
und nichts davon möchte ich missen.
Natürlich begann alles im Lichterhaus ...

ISBN: 978-3-7526-4597-2